Orar
Faz muito bem!
PARA CRIANÇAS

Dados Internacionais de Catalogação na Publicação (CIP)
(Câmara Brasileira do Livro, SP, Brasil)

Nogueira, Alex
　Orar faz muito bem! : para crianças / Alex Nogueira. --
São Paulo : Edições Loyola (Aneas), 2025. -- (Espiritualidade cristã)
　ISBN 978-65-5504-427-0
　1. Orações - Literatura infantojuvenil I. Título II. Série.

24-245345　　　　　　　　　　　　　　　　　　　　　　CDD-028.5

Índices para catálogo sistemático:
1. Orações : Literatura infantil　　　　　　　　　　　028.5
2. Orações : Literatura infantojuvenil　　　　　　　　028.5

Cibele Maria Dias - Bibliotecária - CRB-8/9427

Diretor geral: Eliomar Ribeiro, SJ
Editor: Gabriel Frade
Preparação e revisão: Edições Loyola
Projeto gráfico de Ávila Comunicação
Diretor de criação: Daniel Ávila
Capa e diagramação: Ávila Comunicação
Ilustrações: Maíra Calegario, Larriane Fagiani, Clara Lima e Matheus Santos

Ajustes finais de produção da capa e do miolo realizados pelo departamento de Projetos Gráficos de Edições Loyola.

Rua 1822 n° 341, Ipiranga
04216-000 São Paulo, SP
T 55 11 3385 8500/8501, 2063 4275
editorial@loyola.com.br, vendas@loyola.com.br
loyola.com.br, @edicoesloyola

Deus Caritas Est
Caixa Postal 01, 86400-000 Jacarezinho, PR
padrealexnogueira.com

Todos os direitos reservados. Nenhuma parte desta obra pode ser reproduzida ou transmitida por qualquer forma e/ou quaisquer meios (eletrônico ou mecânico, incluindo fotocópia e gravação) ou arquivada em qualquer sistema ou banco de dados sem permissão escrita da Editora.

ISBN 978-65-5504-427-0
© EDIÇÕES LOYOLA, São Paulo, Brasil, 2025
109548

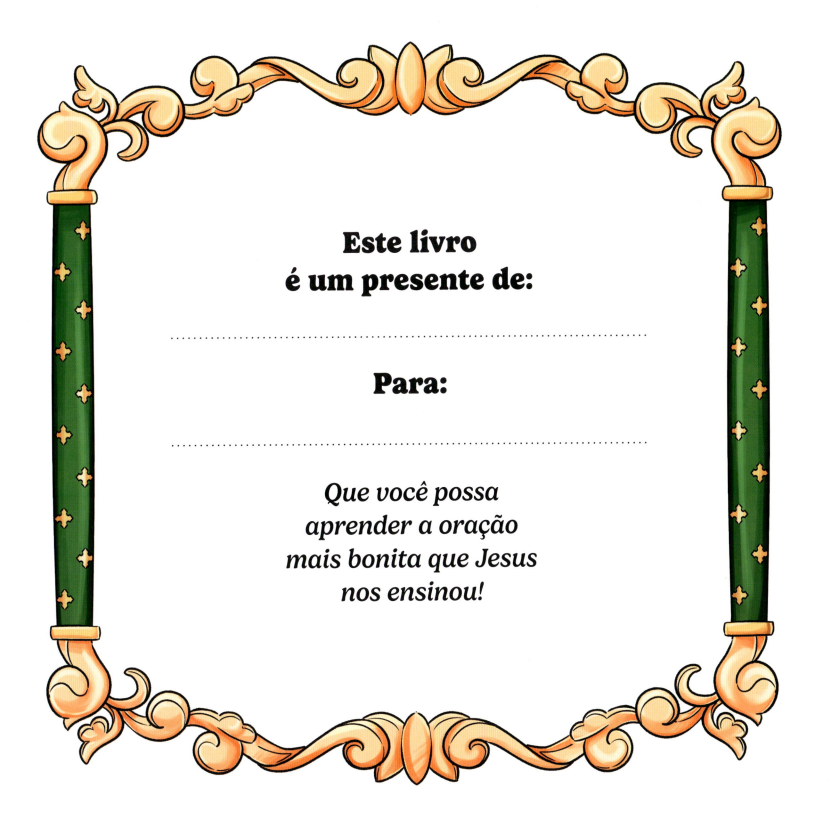

**Este livro
é um presente de:**

....

Para:

....

*Que você possa
aprender a oração
mais bonita que Jesus
nos ensinou!*

Imprimatur

De acordo com os cann. 824 e 827 §3
do Código de Direito Canônico
concedo a licença para a publicação
e o *imprimatur*.

Dom Antonio Braz Benevente
Bispo Diocesano de Jacarezinho-PR
16 de dezembro de 2024

Sumário

CAPÍTULO 1   **Pai nosso, que estais nos céus**................................ 15

CAPÍTULO 2   **Santificado seja o vosso nome**............................. 20

CAPÍTULO 3   **Venha a nós o vosso reino**.................................. 26

CAPÍTULO 4   **Seja feita a vossa vontade assim na terra como no céu**............................ 36

CAPÍTULO 5   **O pão nosso de cada dia nos dai hoje**................... 42

CAPÍTULO 6   **Perdoai-nos as nossas ofensas**............................. 48

CAPÍTULO 7   **Assim como nós perdoamos a quem nos tem ofendido**.............................. 54

CAPÍTULO 8   **Não nos deixeis cair em tentação**......................... 60

CAPÍTULO 9   **Mas livrai-nos do mal. Amém!**............................. 65

— Padre Alex, eu queria aprender a rezar. Como posso fazer isso?
— Sabe, Pedrinho, essa foi exatamente a mesma pergunta que os amigos de Jesus fizeram a ele!
— E o que Jesus respondeu para eles?
— Jesus ensinou a oração que chamamos de pai-nosso. Você gostaria de aprender e entender essa oração, Pedrinho?
— Claro, padre Alex! Se Jesus ensinou, deve ser muito importante!

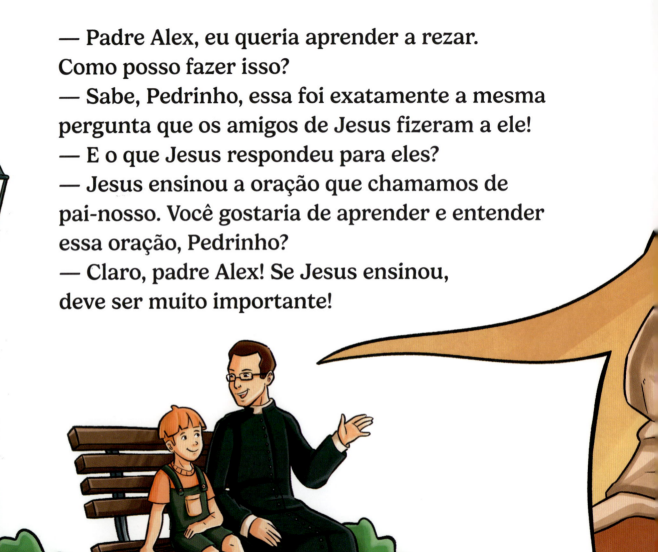

CAPÍTULO 1

Pai nosso, que estais nos céus

— O amor de Deus por nós é tão grande que ele enviou seu Filho, Jesus, ao mundo. Isso nos faz irmãos de Jesus, e por isso aprendemos a chamar Deus de "Pai".

— Mas por que falamos "Pai nosso"? Eu poderia dizer "Pai meu"?

— Não está errado dizer que Deus é "meu Pai", Pedrinho. Mas, se somos irmãos em Jesus, falamos que ele é Pai de todos nós. É por isso que a oração começa com "Pai nosso".

— Ah, entendi! Então, devemos viver como irmãos, já que Deus é Pai de todos nós.

— Muito bem! E é exatamente isso. Fazemos uma comparação com as coisas de Deus. Ele preparou um lugar muito maior e mais bonito do que o céu que vemos aqui. Esse lugar também se chama céu.
— E como eu posso ver esse céu?

— Esse céu, Pedrinho, não pode ser visto com nossos olhos aqui na Terra. Mas Jesus nos ensinou a acreditar nele, é por isso que temos fé e queremos chegar lá um dia!
— Então, é por isso que devemos viver como irmãos aqui na Terra?

— Exato! Quando vivemos como bons amigos e irmãos, seguimos o que o nosso querido Papai do Céu nos ensinou. Então, podemos rezar dessa forma: "Pai nosso, que estais nos céus!"

CAPÍTULO 2
Santificado seja o vosso nome

— Olha lá, padre Alex!
É o João Lucas, meu amigo.
Ele está passeando com a mãe.
— Que bom, Pedrinho!
Já pensou que todas as pessoas
têm um nome?
— Verdade, padre Alex!
Sempre chamamos alguém
pelo nome.
— Isso mesmo. O nome
não serve só para chamar
alguém; ele representa
a própria pessoa. Por isso,
precisamos respeitar o nome
das pessoas e jamais dizer
coisas feias sobre ele.

— Mas se Deus já é santo, como podemos santificar o nome dele?
— Quando dizemos na oração: "Santificado seja o vosso nome", não estamos aumentando a santidade de Deus. Queremos que a santidade de Deus nos transforme e encha a nossa vida.

— E o que é santidade?
— Santidade é viver como Jesus nos ensinou: amar os amigos, obedecer aos pais e adultos, saber repartir e fazer muitas outras coisas boas.

— Então, quanto mais eu amar e fizer coisas boas, mais o nome de Deus será santificado na minha vida?
— Exatamente, Pedrinho! Agora você já pode rezar mais uma parte da oração: "Pai nosso, que estais nos céus, santificado seja o vosso nome".

— Que tal entrarmos na igreja agora e continuar lá?
— Vamos!

CAPÍTULO 3
Venha a nós o vosso reino

— Que igreja bonita! Olha só aquela imagem de Jesus! Por que ele tem um círculo dourado em volta da cabeça?
— Jesus é o nosso salvador. Ele veio do céu para nos ensinar o caminho até lá. Esse círculo em volta da cabeça de Jesus representa uma grande luz, que lembra a glória do céu, como se fosse uma coroa de luz!

— Ah! Os reis também usam coroas, né?
— Sim! A coroa simboliza o poder do rei. E Jesus é o Rei de todo o universo. Ele está acima de todos os governos do mundo.

— Seria tão bom se todos obedecessem ao Rei Jesus!
— Seria mesmo! O mundo seria um lugar muito mais feliz. É por isso que Jesus nos ensinou a rezar: "Venha a nós o vosso reino!"

— Pedrinho, venha comigo! Quero lhe mostrar um santo que morreu porque decidiu seguir o Rei Jesus, em vez de seguir o imperador de Roma.
— Onde ele está?

— Aqui estão as relíquias de um jovem de dezesseis anos que morreu em Roma há mil e setecentos anos. O nome dele era Inocêncio.

— Mas e se Inocêncio dissesse que não queria mais seguir Jesus?
— Se ele tivesse dito isso, seria liberado e continuaria vivo.

Mas Inocêncio amava tanto a Jesus que não podia mentir. Ele foi verdadeiro, amava Jesus de todo o coração e entregou sua vida por ele.

— Que história bonita. Peço a Jesus que eu também o ame de verdade!
— Isso mesmo, Pedrinho. Entre os reis maldosos e o Rei Jesus, você já sabe quem escolher! Vamos voltar para onde estávamos.

CAPÍTULO 4

Seja feita a vossa vontade assim na terra como no céu

— Padre Alex, olha só essa imagem do outro lado! São crianças atravessando uma ponte, e tem um anjo cuidando delas. Que bonito!

— Isso é muito bom, Pedrinho! Na vida, as pessoas são livres para escolher o que querem, mas seguir a vontade de Jesus exige esforço. Por exemplo, de manhã, quando você tem que ir para a escola, às vezes não dá vontade de ficar dormindo em casa?
— Quase todos os dias!
— Pois é! Mesmo querendo ficar em casa e brincar, você sabe que estudar também é importante, certo?
— Sim, foi assim que eu aprendi a ler e escrever.

— Exatamente! Tudo o que aprendemos exige esforço. E, para fazer a vontade de Jesus, também precisamos nos esforçar. Às vezes, temos que deixar de lado o que queremos para fazer o que Jesus nos ensina.
— Mesmo que seja difícil, eu quero começar a fazer a vontade de Jesus!
— Que bom, Pedrinho! Então, acho que agora podemos rezar mais uma parte da oração. Vamos?

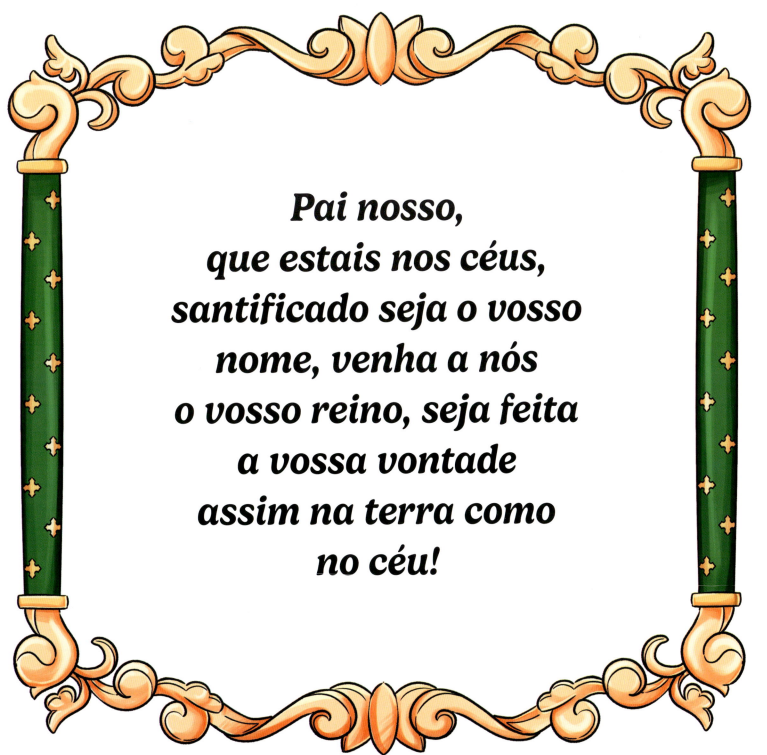

*Pai nosso,
que estais nos céus,
santificado seja o vosso
nome, venha a nós
o vosso reino, seja feita
a vossa vontade
assim na terra como
no céu!*

CAPÍTULO 5
O pão nosso de cada dia nos dai hoje

— Padre Alex, por que tem essa mesa grande aqui no meio?
— Essa mesa é muito importante e sagrada, Pedrinho. Ela se chama "altar". É onde acontece a Santa Missa. Você costuma ir à Missa com sua família?
— Eu vou, mas às vezes sinto preguiça.
— Quando a gente entende e passa a amar o que acontece na Missa, ganha força para lutar contra a preguiça. Durante a celebração, Jesus desce do céu e se faz presente no pão e no vinho.
— Mas eu não vejo Jesus no pão da Eucaristia.

— Muitas coisas verdadeiras não podem ser vistas com os olhos.
Por exemplo, os anjos existem, mas são invisíveis. Ou uma cerca elétrica: não vemos a energia, mas, se estiver ligada, podemos sentir o choque! Na consagração, o pão e o vinho mantêm a mesma aparência, mas sua essência muda. Esse é um grande mistério da nossa fé.

— Padre Alex, eu quero muito receber Jesus na Eucaristia! Já estou até na catequese.
— Que bom, Pedrinho! Prepare-se bem e, no dia da sua primeira comunhão, Jesus fará uma visita muito especial à sua alma. Antes de recebermos a comunhão, na Missa, rezamos o pai-nosso, e uma das partes é pedir o pão a Deus.

— Eu gosto muito de comer pão no café da manhã!
— E você se lembra de rezar antes de comer no café da manhã, no almoço ou no jantar, agradecendo a Deus pelo alimento?
— Eu fico com tanta fome que nem rezo!
— Então que tal começar a rezar antes de cada refeição? Pode ser a oração do pai-nosso mesmo. Lembre-se de que Deus dá forças para sua família trabalhar e conseguir o alimento. Agradecer é muito importante. Podemos combinar assim?
— Sim, padre Alex! Vou rezar agradecendo sempre antes de comer.

CAPÍTULO 6

Perdoai-nos as nossas ofensas

— Sabe, Pedrinho, durante nossa conversa hoje, você percebeu que existem alguns comportamentos que desagradam a Deus?
— Sim, eu não costumava rezar agradecendo pelo alimento, tinha preguiça de ir à Missa e de acordar cedo para estudar, e às vezes desobedeço aos adultos.

— Essas coisas são ofensas que fazemos contra Deus e contra as pessoas. Nós as chamamos de pecados. Mas Deus é tão amoroso que, se nos arrependemos de verdade, ele nos perdoa.
— Minha catequista disse que Deus perdoa através do padre. Isso é verdade?
— Sim, é verdade. O padre tem o poder, dado pelo Espírito Santo, de agir em nome de Jesus e perdoar os pecados. Isso acontece no sacramento da confissão. Sempre que você sentir que precisa do perdão de Deus, pode procurar um padre para se confessar.
— Nossa, padre! Deus nos ama muito mesmo!
— Sim, ele nos ama profundamente. Mas Deus também quer que sejamos humildes. Por isso, na oração e na confissão, pedimos perdão por nossas ofensas.

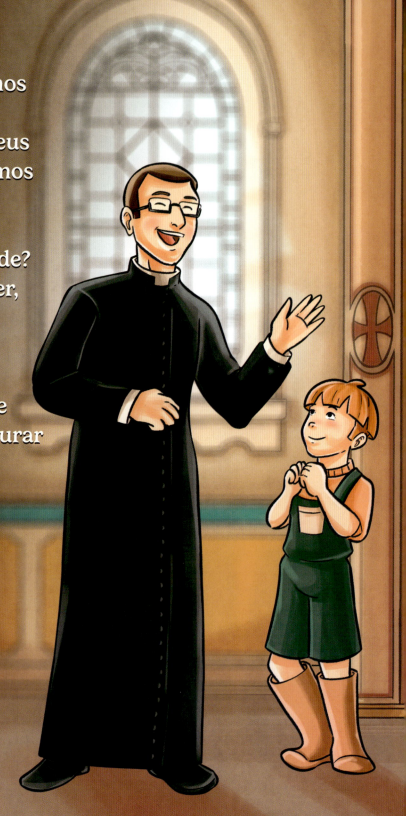

— Às vezes, quando venho à Missa, vejo algumas pessoas se ajoelharem naquelas "casinhas" lá no fundo para se confessar.

— Exatamente, Pedrinho. Aqueles são os confessionários. É lá que o padre ouve nossa confissão e, em nome de Jesus, nos dá o perdão dos pecados.
— Que Deus me ajude a sempre pedir perdão de coração!

CAPÍTULO 7
Assim como nós perdoamos a quem nos tem ofendido

— Padre Alex, por que tem uma cruz tão grande ali com Jesus?
— Porque homens invejosos e maus não gostavam que Jesus ensinasse o amor e o perdão. Por isso, o crucificaram.

— E Jesus se vingou desses homens maus?
— Não, Pedrinho! Jesus viveu e morreu do jeito que ele ensinou: amando e perdoando. Quando estava na cruz, ele disse: "Pai, perdoa-lhes, pois eles não sabem o que fazem!"
— Jesus perdoou quem o crucificou?
— Sim, Pedrinho. O perdão cura os corações. Jesus recebeu o mal e devolveu o bem. Ele nos ensina a perdoar as ofensas que recebemos dos outros.

— Eu tinha um colega que me empurrou na escola, agora eu não gosto mais dele.
— Então, Pedrinho, você precisa seguir o exemplo de Jesus e perdoar seu colega. Pense em quantas coisas erradas você já fez. Deus sempre perdoará você, desde que também saiba perdoar os outros.

— É verdade, padre Alex. Vou pedir a Jesus que me ajude a perdoar.
— Isso mesmo. E a melhor forma de pedir ajuda a Jesus é rezando. Vamos continuar a oração do pai-nosso? "Perdoai-nos as nossas ofensas, assim como nós perdoamos a quem nos tem ofendido."

CAPÍTULO 8
Não nos deixeis cair em tentação

— Padre Alex, às vezes eu fico com muita raiva e não sei se vou conseguir perdoar e amar as pessoas.

— Então, temos que lutar contra nossa vontade desobediente. Mas também tem o inimigo de Jesus, o diabo, que quer que você não perdoe, não ame ninguém e fique muito preguiçoso. Ele provoca uma tentação em você.

— Não entendi bem... O que é tentação?
— A tentação é como uma "tentativa" do diabo de levar você para o caminho errado. Ele sugere que você faça o mal.
— Mas ele pode me fazer seguir o mal mesmo que eu não queira?
— Não, Pedrinho. O diabo pode tentar e sugerir, mas ele não pode decidir por você. A escolha é sempre sua. Você é livre para seguir Jesus ou para cair nas tentações do diabo.

— O diabo foi criado como um anjo por Deus, mas ele se tornou tão orgulhoso que quis ser igual a Deus. Então, ele se revoltou contra Deus. Houve uma batalha no céu, e o arcanjo São Miguel o expulsou junto com os outros anjos que o seguiram.
— Mas o diabo tem o mesmo poder que Deus?

— Não, Pedrinho! O diabo jamais terá o mesmo poder de Deus. Ele é apenas uma criatura rebelde e orgulhosa. Ele perdeu seu lugar no céu e agora quer que todos os seres humanos também percam o céu.
— Nossa, como ele é mau!
— Sim, ele é o autor e princípio de todo o mal. Ele se afastou de Deus, que é o bem supremo, por isso dizemos que ele é mau.

— E como eu faço para lutar contra o diabo?
— Nunca tente lutar sozinho, Pedrinho. Você sempre precisa estar com Jesus. Quando rezar, peça forças a Jesus para se manter longe do mal.

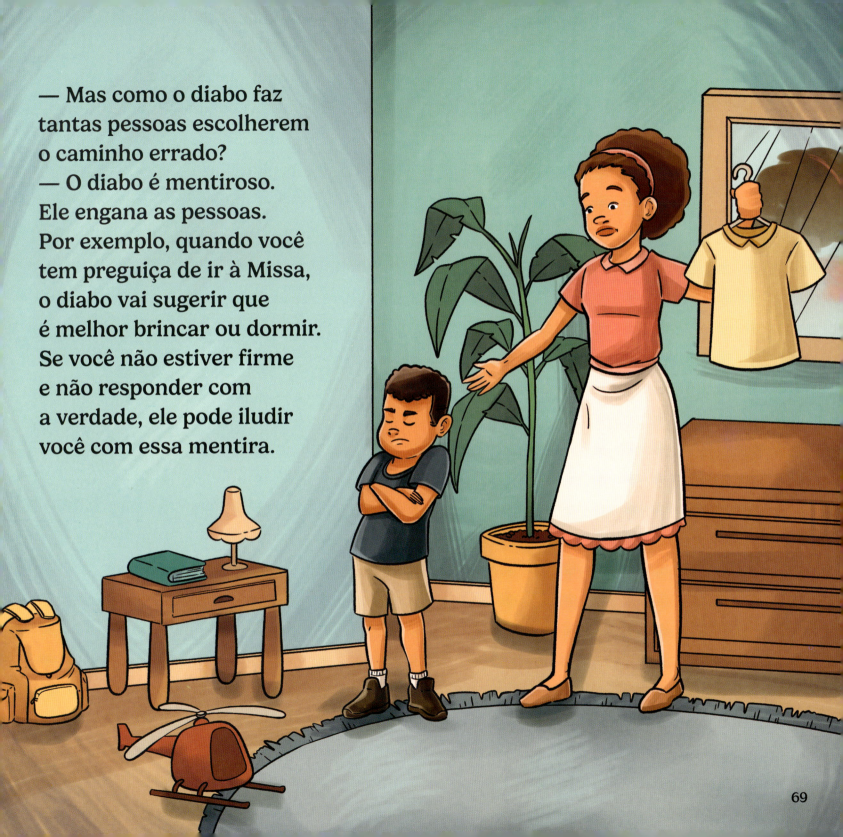

— Mas como o diabo faz tantas pessoas escolherem o caminho errado?
— O diabo é mentiroso. Ele engana as pessoas. Por exemplo, quando você tem preguiça de ir à Missa, o diabo vai sugerir que é melhor brincar ou dormir. Se você não estiver firme e não responder com a verdade, ele pode iludir você com essa mentira.

— E qual é a verdade?
— A verdade é a que eu já ensinei a você: na Missa, Jesus vem nos visitar na Eucaristia porque nos ama! Existe verdade mais bonita do que essa? Você abandonaria Jesus, que morreu na cruz para nos levar ao céu, só para dormir um pouco mais ou brincar? Essas coisas podem ser feitas depois.
— Minha catequista me ensinou que devemos amar a Deus sobre todas as coisas.
— Exatamente, Pedrinho. Devemos colocar Deus à frente de todas as nossas vontades.

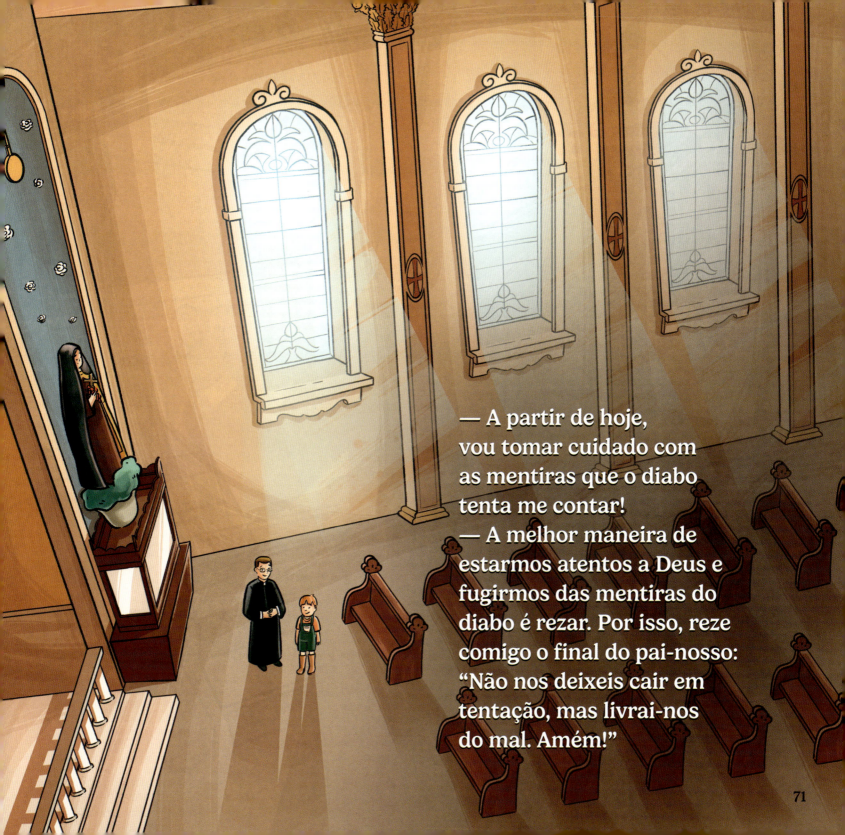

— A partir de hoje, vou tomar cuidado com as mentiras que o diabo tenta me contar!

— A melhor maneira de estarmos atentos a Deus e fugirmos das mentiras do diabo é rezar. Por isso, reze comigo o final do pai-nosso: "Não nos deixeis cair em tentação, mas livrai-nos do mal. Amém!"

— Pedrinho, há um lugar muito especial aqui dentro da igreja. Venha comigo.

— Atrás daquela portinha pequenininha fica guardada a Eucaristia que foi consagrada durante a Missa, no altar que mostrei.

— Então Jesus está aqui dentro?
— Exatamente, Pedrinho! Este lugar se chama sacrário porque é muito sagrado. Toda vez que passar na frente do sacrário, você deve fazer uma genuflexão.
— O que é genuflexão?

— Em países onde há reis, as pessoas fazem gestos de respeito e obediência ao rei. Como Jesus é nosso rei, nós colocamos o joelho direito no chão e dobramos o esquerdo para cima, assim. Veja!

— E então eu faço a genuflexão?
— Isso mesmo, Pedrinho! Agora quero convidar você a rezar comigo a oração do pai-nosso inteira, aqui diante de Jesus. O que acha?
— Sim, padre Alex! Vamos rezar. Quero pedir a Jesus que me ajude a sempre obedecê-lo.

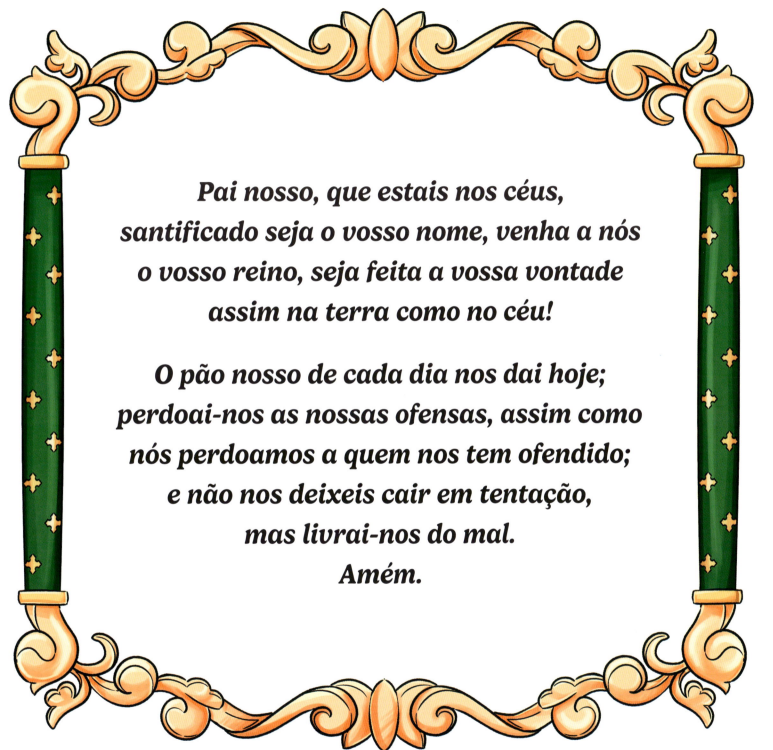

Pai nosso, que estais nos céus, santificado seja o vosso nome, venha a nós o vosso reino, seja feita a vossa vontade assim na terra como no céu!

O pão nosso de cada dia nos dai hoje; perdoai-nos as nossas ofensas, assim como nós perdoamos a quem nos tem ofendido; e não nos deixeis cair em tentação, mas livrai-nos do mal.
Amém.

— Foi muito bom conversar com você hoje, Pedrinho. Mas agora preciso ir, vou gravar o programa "Boa noite, meu Jesus"!
— Eu conheço a música do programa! Minha avó reza com o senhor todos os dias.

— Então espero que você reze com ela também!
— Pode deixar, vou rezar sim.

editoração impressão acabamento
Rua 1822 nº 341 – Ipiranga
04216-000 São Paulo, SP
T 55 11 3385 8500/8501, 2063 4275
www.loyola.com.br